Lugares en mi comunidad / Places in My Community

Aprendo en el Pre-Kinder
Learning at Pre-K

Celeste Bishop

traducido por / translated by
Eida de la Vega

ilustrado por / illustrated by
Aurora Aguilera

PowerKiDS
press.

New York

Published in 2017 by The Rosen Publishing Group, Inc.
29 East 21st Street, New York, NY 10010

First Edition

Translator: Eida de la Vega
Editorial Director, Spanish: Nathalie Beullens-Maoui
Editor, English: Theresa Morlock
Book Design: Mickey Harmon
Illustrator: Aurora Aguilera

Cataloging-in-Publication Data

Names: Bishop, Celeste.
Title: Learning at Pre-K = Aprendo en el Pre-Kinder / Celeste Bishop.
Description: New York : PowerKids Press, 2017. | Series: Places in my community = Lugares en mi comunidad | Includes index.
Identifiers: ISBN 9781499430226 (library bound)
Subjects: LCSH: Education, Preschool–Juvenile literature. | Preschool children–Juvenile literature.
Classification: LCC LB1140.2 B57 2017 | DDC 372.21–dc23

Manufactured in the United States of America

CPSIA Compliance Information: Batch #BW17PK: For Further Information contact Rosen Publishing, New York, New York at 1-800-237-9932

Contenido

Contents

En mi comunidad hay una escuela.

Este año estoy en pre-kínder.

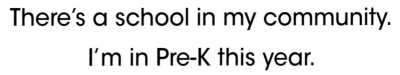

There's a school in my community.
I'm in Pre-K this year.

El pre-kínder es el curso antes del kindergarten.

Pre-K is the year of school before kindergarten.

7

Todos mis amigos están en mi clase.

También hago nuevos amigos.

8

All my friends are in my class.

I make new friends, too.

10

Mi maestra nos lee historias.

Me gustan las historias de animales.

My teacher reads us stories.

I like the stories about animals.

11

En mi clase también dibujamos y hacemos manualidades. Me gusta dibujar.

My class does arts and crafts, too. I like to draw.

Salimos todos los días.

En la escuela hay un patio de recreo.

14

We go outside every day.

There's a playground at my school.

¡Me gusta trepar por las barras!
También hay un tobogán. ¡Yupi!

I like to climb on the monkey bars!

There's also a slide. Wee!

Jugamos tanto que me canso.

Es hora de tomar una siesta.

I get tired from playing. It's time to take a nap.

19

Cuando la siesta termina, es la hora de la merienda.

Me encanta el cereal.

When naptime is over, it's time for a snack.
The cereal is my favorite.

Ya es hora de irnos a casa. Mi papá me recoge. ¡Regresaré mañana!

Soon, it's time to go home. My dad picks me up. I'll be back tomorrow!

Palabras que debes aprender
Words to Know

(el) cereal
cereal

(las) barras
monkey bars

(el) tobogán
slide

Índice / Index